Les petites bêtises de
Passepoil

Pour Marc
Elaine Arsenault

À mon amie Marie Barcelo qui, je l'espère,
aura beaucoup de plaisir à
savourer cette histoire en chocolat
Fanny

**Catalogage avant publication
de Bibliothèque et Archives Canada**
Arsenault, Elaine
(Chocolate Coated Buttons. Français)
Les petites bêtises de Passepoil
Traduction de : Chocolate Coated Buttons.
Pour enfants.

ISBN 2-89512-404-3 (rel.)
ISBN 2-89512-456-6 (br.)

I. Fanny. II. Duchesne, Christiane, 1949 – . III. Titre.
IV. Titre : Chocolate Coated Buttons. Français.

PS8551.R827C5614 2005   jC813'.6   C2005-940275-X
PS9551.R827C5614 2005

Directrice de collection : Lucie Papineau
Direction artistique et graphisme : Primeau & Barey

Dépôt légal : 3e trimestre 2005
Bibliothèque nationale du Québec
Bibliothèque nationale du Canada

Dominique et compagnie
300, rue Arran
Saint-Lambert (Québec)
Canada J4R 1K5
Téléphone : (514) 875-0327
Télécopieur : (450) 672-5448
Courriel : dominiqueetcie@editionsheritage.com

www.dominiqueetcompagnie.com

Imprimé en Chine
10 9 8 7 6 5 4 3 2 1

Nous remercions le Conseil des Arts du Canada de l'aide accordée
à notre programme de publication.

Nous reconnaissons l'aide financière du gouvernement du Canada
par l'entremise du Programme d'aide au développement de l'indus-
trie de l'édition (PADIÉ) pour nos activités d'édition.

Nous reconnaissons l'aide financière du gouvernement du Québec
par l'entremise du Programme de crédit d'impôt pour l'édition de
livres – SODEC – et du Programme d'aide aux entreprises du livre et
de l'édition spécialisée.

Note de l'éditeur :
Dans les contes, les petits chiens peuvent
faire tout ce que font les humains…
Mais dans la vraie vie, il ne faut pas donner
de chocolat à un chien, c'est dangereux
pour sa santé.

Les petites bêtises de Passepoil

Texte : Elaine Arsenault
Illustrations : Fanny
Texte français : Christiane Duchesne

Dominique et compagnie

Son écharpe volant au vent, Passepoil passe au galop devant le magasin d'animaux. Monsieur Albert vient de placer dans la fenêtre l'affiche « De retour bientôt ». Mademoiselle Madeleine suit Passepoil de près. Son manteau flotte joliment derrière elle. D'une main, elle retient son chapeau, et de l'autre, elle porte une assiette recouverte d'une serviette à carreaux bleus et blancs.

– Qu'est-ce que c'est ? demande monsieur Albert en fermant sa porte à clé.

– Une surprise ! s'exclame mademoiselle Madeleine.

Elle entre dans sa boutique avec Passepoil.

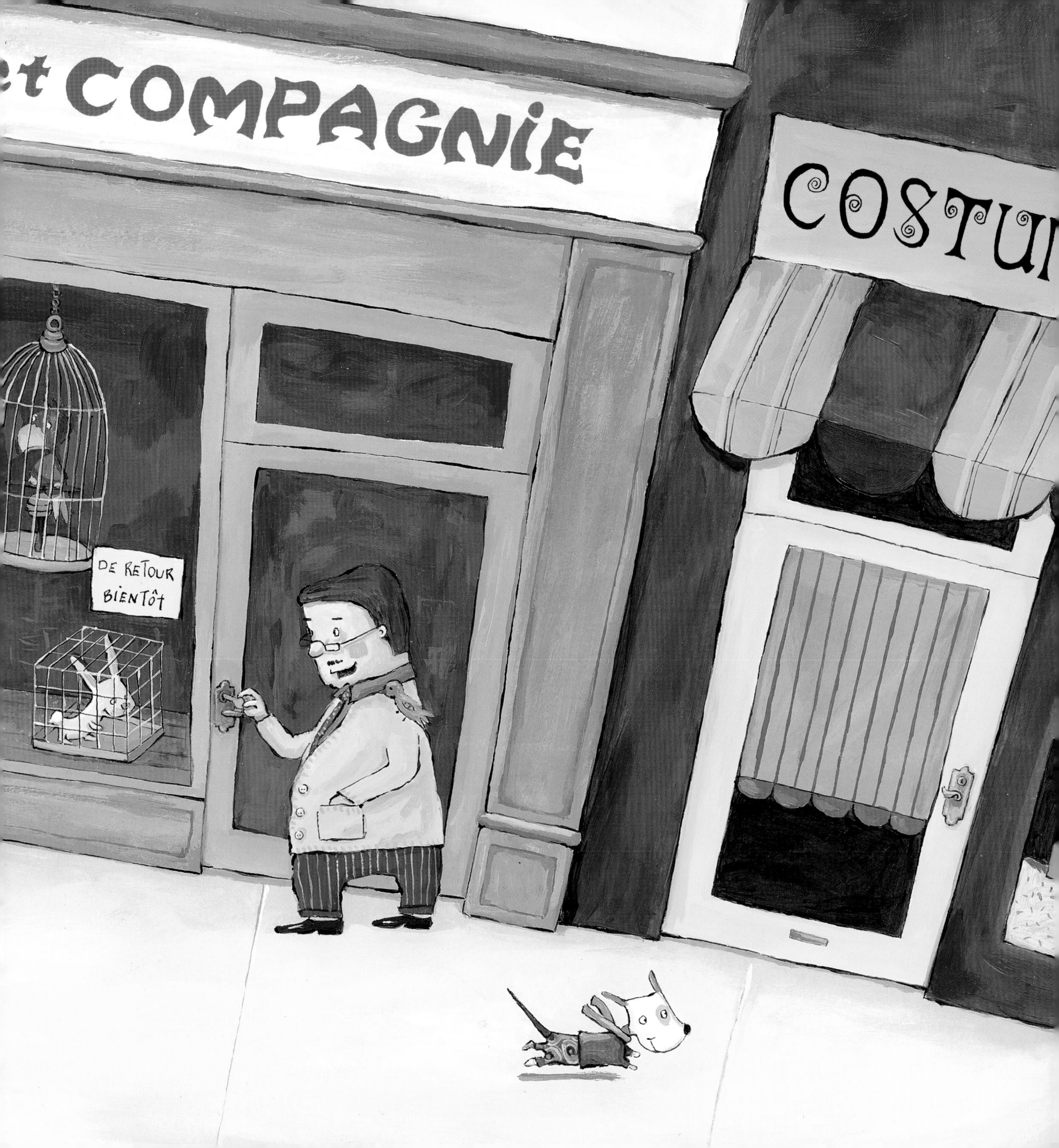
et COMPAGNIE
COSTU
DE RETOUR BIENTÔT

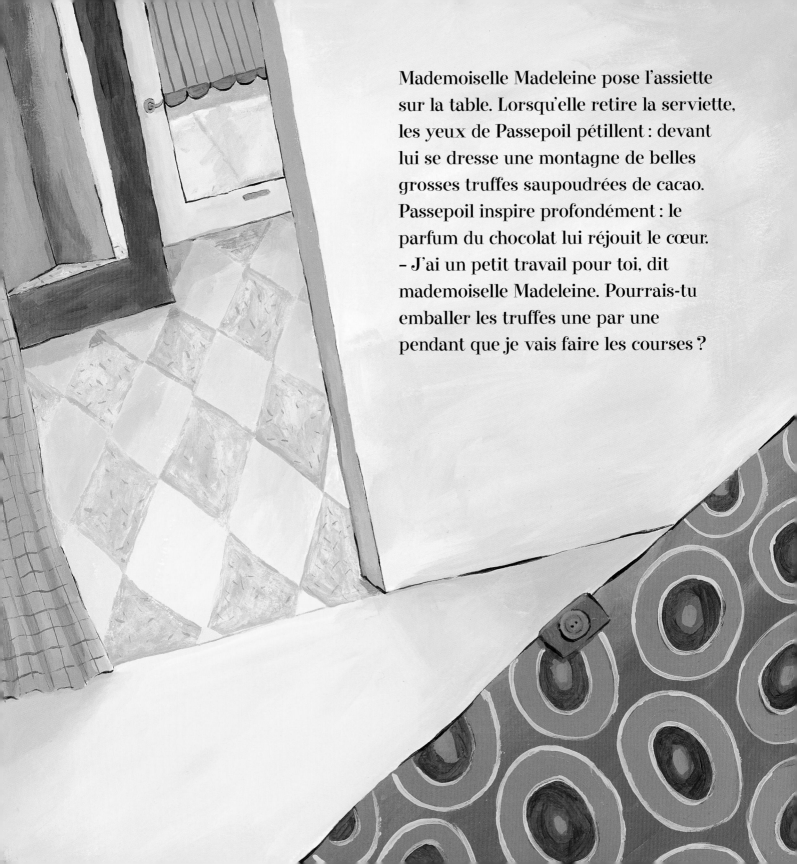

Mademoiselle Madeleine pose l'assiette sur la table. Lorsqu'elle retire la serviette, les yeux de Passepoil pétillent : devant lui se dresse une montagne de belles grosses truffes saupoudrées de cacao. Passepoil inspire profondément : le parfum du chocolat lui réjouit le cœur.

– J'ai un petit travail pour toi, dit mademoiselle Madeleine. Pourrais-tu emballer les truffes une par une pendant que je vais faire les courses ?

Passepoil remue la queue d'impatience, car il adore faire plaisir à mademoiselle Madeleine.

Elle enfile ses gants et ajuste son chapeau. Avant de sortir, elle enveloppe une truffe dans un morceau de tissu et la glisse dans son sac.
– Je reviens tout de suite. Attention, on ne grignote surtout pas ! lui dit-elle avant de sortir, en le menaçant gentiment du doigt.

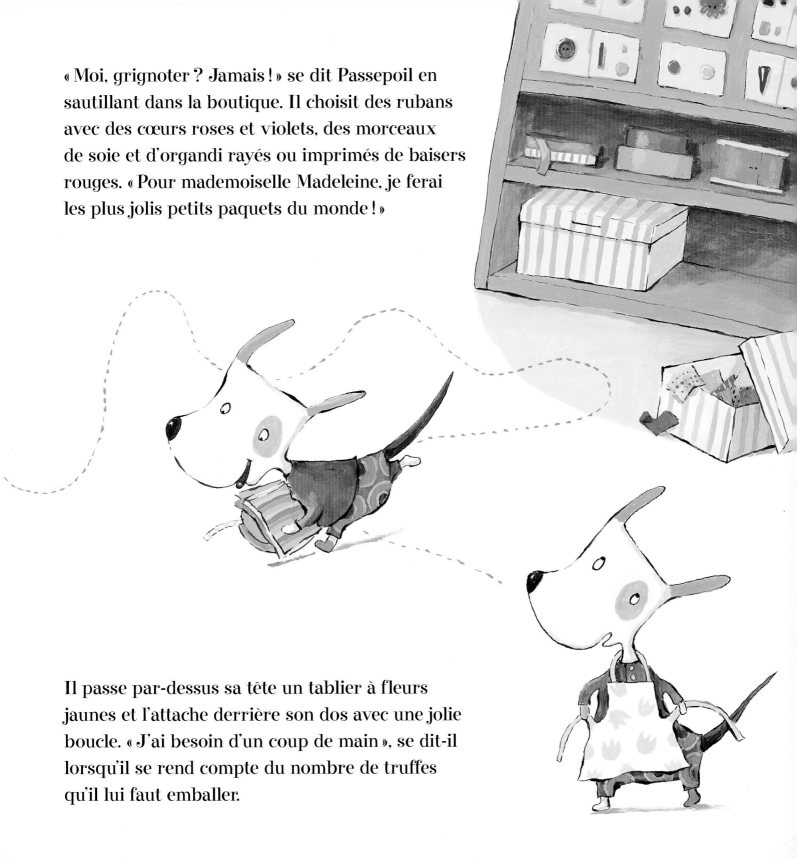

« Moi, grignoter ? Jamais ! » se dit Passepoil en sautillant dans la boutique. Il choisit des rubans avec des cœurs roses et violets, des morceaux de soie et d'organdi rayés ou imprimés de baisers rouges. « Pour mademoiselle Madeleine, je ferai les plus jolis petits paquets du monde ! »

Il passe par-dessus sa tête un tablier à fleurs jaunes et l'attache derrière son dos avec une jolie boucle. « J'ai besoin d'un coup de main », se dit-il lorsqu'il se rend compte du nombre de truffes qu'il lui faut emballer.

Passepoil jette un coup d'œil par le trou dans le mur qui mène chez monsieur Albert. Rien ne bouge chez les animaux. Monsieur Albert n'est pas rentré. Passepoil se faufile par le trou et... il ouvre les cages.

Aussitôt, Lapi le lapin bondit, Pik le hérisson sort en se dandinant et Gus le cochon d'Inde suit Passepoil entre les étalages de graines pour les oiseaux, de nourriture pour les poissons et de jouets pour les chiens. Pik et Gus passent ensemble par le trou ; Lapi arrive à s'y glisser... avec un peu d'aide.

Pik, Gus et Lapi s'approchent des truffes en chocolat.
Passepoil agite la patte.
– On ne grignote pas !

Muni de grands ciseaux noirs et brillants, Lapi découpe
des cercles parfaits dans la soie et l'organdi. Lissant
minutieusement leurs bords, Gus en fait des piles bien
droites. Pik déroule le ruban sur le sol et le taille en
longueurs bien égales.

Les amis placent une truffe au milieu de chaque cercle de tissu.
La poudre de cacao leur colle aux pattes.

«Lécher le cacao sur nos pattes, est-ce que c'est grignoter ? se demande Lapi. Sûrement pas!» conclut-il, puisque Passepoil a déjà commencé à lécher les siennes.

C'est ainsi que les soucis commencent...

Ils ne peuvent résister, ils tripotent les truffes encore et encore, léchant chaque fois la fine poudre de cacao déposée sur leurs pattes. Est-ce Passepoil qui, le premier, s'est mis à lécher une truffe ? Personne ne s'en souvient. Bientôt, il y a du cacao partout, pas seulement sur leur museau, mais aussi sur le tissu et sur les rubans.

« Lécher le cacao sur les rubans et
le tissu, est-ce que c'est grignoter ?
se demande Pik. Sûrement pas ! »
conclut-il, puisque Passepoil a déjà
commencé à lécher l'organdi.

Quand ils finissent de le lécher, le
tissu est tout détrempé, tout ramolli.
« Ça ne va pas, songe Passepoil.
Il faut recommencer ! »

Ils découpent de nouveaux cercles
de soie et d'organdi et déposent
une truffe au centre de chacun.

Ils rapprochent les bords pour faire de
jolis paquets en forme d'aumônière...

Mais les truffes commencent à s'émietter.
Passepoil agite encore la patte pour
rappeler à chacun qu'il est interdit de
grignoter.

« Manger des miettes, est-ce que c'est
grignoter ? se demande Gus. Sûrement
pas ! » conclut-il, pendant que Passepoil
fouille dans les petits paquets et que
des morceaux de tissu froissé volent
dans tous les sens.

Est-ce Passepoil qui, le premier, a pris une toute petite... une minuscule miette ? Ou alors Gus ? Ou Pik ? Ou peut-être Lapi ? Personne ne s'en souvient. Personne ne sait non plus lequel des quatre a pris la première bouchée. Le chocolat fond lentement sur leur langue, crémeux, si doux, on dirait du velours. Ils ne peuvent plus s'arrêter. Ils mangent toutes les miettes jusqu'à la dernière, jusqu'à ce que...

« Oh, non ! songe Passepoil, affreusement tourmenté. Qu'est-ce qui s'est passé ? Personne n'a grignoté et pourtant, il ne reste plus une seule truffe ! » se dit-il en desserrant son tablier. Il se frotte l'oreille et y laisse une grosse tache de chocolat.

Le petit chien fouille la boutique, cherchant une solution. Il la trouve dans la réserve de fil de mademoiselle Madeleine.
– Pas une minute à perdre ! dit-il.

Soulagé, il passe sa patte sur son front et y laisse une autre jolie trace de chocolat. Comme son tablier lui serre le ventre, il en relâche encore un peu la ceinture.

Passepoil et ses amis assemblent, enveloppent, frisent les rubans, les transforment en jolis choux. Ils font bouffer le tissu, l'arrangent juste comme il le faut. Ils sont tous d'accord : c'est bien plus facile d'envelopper des bobines de fil que des truffes ! Au moment où ils déposent la dernière bobine dans l'assiette, Passepoil aperçoit mademoiselle Madeleine qui bavarde avec monsieur Albert, devant la boutique.

Les petits coquins couverts de chocolat se faufilent dans la boutique d'animaux. Mais, cette fois, Pik et Gus passent par le trou chacun leur tour. Quant à Lapi, il faut le tirer d'un côté et le pousser très fort de l'autre.

Lorsque mademoiselle Madeleine ouvre la porte, Passepoil lui tend fièrement l'assiette remplie des magnifiques petits paquets. Son tablier à fleurs pendant à son cou, Passepoil frotte son gros bedon. « Oh, se dit-il, j'ai le ventre qui gargouille. »

Mademoiselle Madeleine ouvre de grands yeux : Passepoil est couvert de chocolat de la tête aux pattes, il y a des rubans et des morceaux de tissu poisseux partout sur le sol.

– Passepoil, dit mademoiselle Madeleine,
les mains sur les hanches.

Passepoil baisse les oreilles. « Les problèmes
commencent ! » songe-t-il.
– Quelle merveilleuse idée d'avoir décoré
avec des empreintes de pattes en chocolat !
dit-elle, au grand étonnement de Passepoil.

« Elle les aime ! » se dit Passepoil, redressant
les oreilles et remuant la queue.
– C'est très joli ! Voici l'heure de les manger !
Suis-moi, dit-elle en sortant.

« Oh, non ! Pas les manger ! » se dit Passepoil.

Il court derrière elle, son tablier flottant
de travers. Tous deux pénètrent dans
la boutique de monsieur Albert qui vient
juste de rentrer.

– Surprise ! dit joyeusement mademoiselle Madeleine
à monsieur Albert.

– Que c'est joli ! s'exclame monsieur Albert en se
penchant sur l'assiette.

– Ce sont les chefs-d'œuvre de Passepoil, précise
mademoiselle Madeleine en faisant circuler l'assiette
parmi les animaux.

Trop heureuse de sa surprise, elle ne remarque rien...

Quand Pik et Gus tendent la patte pour prendre un
des petits paquets, mademoiselle Madeleine aperçoit
les traces de chocolat autour de leur museau et sur
leurs petites pattes. Elle remarque aussi leur gros
bedon bien rond. « Hum ! » se dit-elle.

Elle jette un coup d'œil à Passepoil ; il fixe le bout de
ses pattes et tortille la ceinture de son tablier. Lorsque
Pik ouvre son paquet, mademoiselle Madeleine
comprend : au lieu d'une truffe, il y a une bobine de
fil bleu.

– Attendez ! dit mademoiselle Madeleine au moment où monsieur Albert tend la main vers l'assiette pour y prendre le dernier petit paquet.

Elle sort de son sac la truffe qu'elle s'était réservée et l'offre à monsieur Albert.
– Passepoil tient à ce que vous preniez celle-ci... N'est-ce pas, Passepoil ?

Passepoil agite la queue.

« Qu'est-ce que je pourrais bien faire d'une bobine ? » se demande monsieur Albert en défaisant le paquet.
– Oh, une truffe ! dit-il, ravi. Ça, c'est une surprise !

De retour dans sa boutique, mademoiselle Madeleine essuie la frimousse de Passepoil.
– Tes amis ont semblé adorer leurs... bobines ! dit-elle avec un sourire en coin. Les bobines, c'est amusant ! Et les truffes, c'est délicieux...

... mais jamais autant que mon Passepoil au chocolat !